KB044242

연애 지상주의 구역으로 진입합니다.

일러두기

* 이 책은 연출에 의해 방송된 영상물 대사를 따랐습니다.

* 드라마의 분위기와 입말을 살리기 위해 맞춤법과 띄어쓰기 원칙을 지키지 않은 부분이 포함되어 있습니다.

*연애
지상주의
구역* PHOTO ESSAY

1판 1쇄 인쇄 2024년 5월 14일
1판 1쇄 발행 2024년 5월 30일

발행인 | 황민호
본부장 | 박정훈
책임편집 | 김사라
기획편집 | 강경양 이예린
마케팅 | 조안나 이유진 이나경
제작 | 최택순
디자인 | ALL design group

발행처 | 대원씨아이㈜
주소 | 서울특별시 용산구 한강대로15길 9-12
전화 | (02)2071-2018
팩스 | (02)749-2105
등록 | 제3-563호
등록일자 | 1992년 5월 11일

ISBN 979-11-7245-338-1 03810
©2024 스튜디오 커피브레이크/대원씨아이

PHOTO ESSAY

연애 지상주의 구역

Love for love's sake

스튜디오 커피브레이크 지음

니들북

등장인물 설정값

현역 고3으로 눈 뜬 시한부 플레이어이자
신엽남고 최고 미친개

"아이스크림 먹으러 갈래?"

부드러운 인상과 잘생긴 외모와는 다르게 말 걸기가 쉽지 않은, 다가가기 어려운 청년. 삶의 유일한 낙이라곤 가끔 선배가 쓴 소설을 읽는 것뿐이다. 그날도 어김없이 술에 취해 선배가 쓴 소설을 읽고 있었던 것 같은데… 정신을 차려 보니 교복 입은 고3이 된 채 퀘스트 창을 마주 보고 있다. 대체 이 상황을 어떻게 받아들이면 좋을까?
남녀 커플이 서로 지지고 볶다가 결국에는 잘 먹고 잘산다는 선배의 '해피 엔딩' 소설이 마음에 안 든다고 투덜거렸기로서니, 이렇게 복수를 할 줄이야! 게다가 다짜고짜 선배의 그 꽈악 닫힌 불행한 이야기 속 주인공, 우리의 차여운을 행복하게 만들란다. 설상가상으로 무려 6키로미터를 열심히 달려 찾아낸 차여운은… 까칠해도 너무 까칠하다!
이거 연애 지상주의 구역 맞아?! 고슴도치 주의 구역 아니고?!

#미션 _ 차여운을 행복하게 만드세요

19세, 3학년

신 高 엽

태 명 하

18세, 2학년

신高엽 **차 여 운**

상처만 가득한 전국구 육상 선수

"선배 왜 저한테 잘해 줘요?
이러면 착각할 수밖에 없잖아요."

평생을 가난에 시달린 전국구 육상 선수다.
얇고 밝은 머리카락에 하얀 얼굴, 운동으로 다져진 탄탄
한 몸매를 가진 인기남. 어느 날부터 갑자기 알은체를 해
오는 태명하란 선배가 몹시 성가시다. 아이스크림을 사
주고, 저녁을 만들어 주고, 학교에서 내 편을 들어 준다.
그렇게 오지 말라고 해도 굳이 내 경기에 찾아와 나를 응
원해 준다. 나에게 친구를 만들어 주고 싶고 나를 행복하
게 해 주고 싶단다. 정 힘들면 육상을 그만둬도 괜찮다고
하는데… 대체 뭔데 나한테 이렇게 잘해 주는 거지?
사람한테 기대도 없고 기대는 법도 모르지만, 그냥 이 형
한번 믿어 봐?

#미션 _ 태명하를 행복하게 만드세요

마음 따뜻한 돈 많은 양아치

"내가 개처럼 불쌍했으면
나도 받아 줬을 거예요?"

잘나가는 스포츠 브랜드 사장님을 엄마로 둔 천상천하 유
아독존 부잣집 도련님.
중학교 때부터 싸움 좀 했고, 교사들도 쉽게 함부로 못 한
다. 옥상에서의 난투극을 보고 태명하에게 반했다. 이 남
자 갖고 싶다! 물론 태명하에게는 차여운밖에 없는 줄 알
고 있지만, 그렇다고 이대로 포기할 순 없으니까. 차여운
처럼 잘 달리면 한 번이라도 이쪽을 돌아봐 줄까 싶어 육
상부도 들었다. 그랬는데…
정신을 차려 보니 태명하와 차여운 사이에 끼어 사랑의
오작교 노릇을 톡톡히 하고 있다. 아 진짜 이 둘 너무한 거
아냐?!

18세, 2학년

신高엽 천 상 원

안시아

경훈의 동생. 경훈과 함께 쇼핑몰을 운영하고 있으며, 차
여운의 팬이다.

선배

『연애 지상주의 구역』이라는 소설을 쓴 장본인. 그러나
이름도, 나이도 알 수 없다.

Love for love's sake

19세, 3학년

신高엽 안 경 훈

누구보다 용감한 사랑의 조력자

"최선을 다해서
좋아해야 한다고 생각해.
다신 못 만날지도 모르니까."

조용조용하고 상냥한 전교 1등 모범생. 동생 시아와 쇼핑몰을 운영하고 있다. 도무지 어울릴 것 같지 않은 상원과는 부모님끼리 친해 편한 사이며, 신엽남고 최고 미친개 명하와도 제법 친하다. 나아가서는 명하와 여운의 든든한 조력자를 자처하며 명하, 여운, 상원, 시아를 잇고 아우르는 중심이 되어 준다.
명하를 만나 학교 생활이 조금은 즐거워졌다. 친구를 사귀었고 이들을 응원했으며, 난생처음 땡땡이도 쳐 보았다. 이 시간이 언제까지나 이어졌으면. 어른이 되어서도 우리 모두가 함께 할 수 있었으면.

탁준경

신엽남자고등학교 2학년. 여운과는 육상부 동기지만, 사이가 좋진 않다.

탁준호

준경의 형. 여운 때문에 명하와 견원지간이 된다.

CONTENTS

등장인물 설정값   004

chapter 1 행복과 친구   010
chapter 2 호감과 발전   102
chapter 3 관계와 사랑   182
chapter 4 선택과 정답   248

엔딩 보상을 받으시겠습니까?   340

chapter 1
행복과 친구

이게 끝이에요?
응. 해피 엔딩.

Love for love's sake

뭐가 별론데?

차여운만 더럽게 불행하잖아요.

그럼 네가 바꿔 줄래?

야! 태명하! 복도에 나가서 서 있어!

Love for love's sake

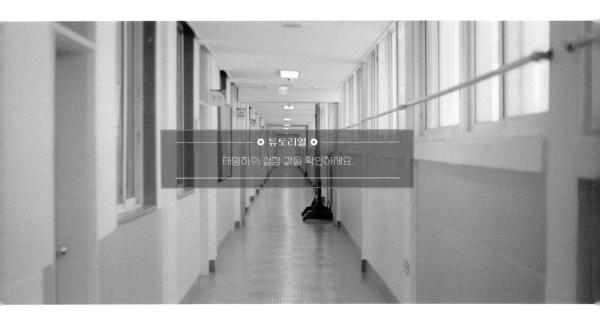

[튜토리얼: 태명하의 설정 값을 확인하세요.]

튜토리얼? 게임? 아, 설마… 선배…

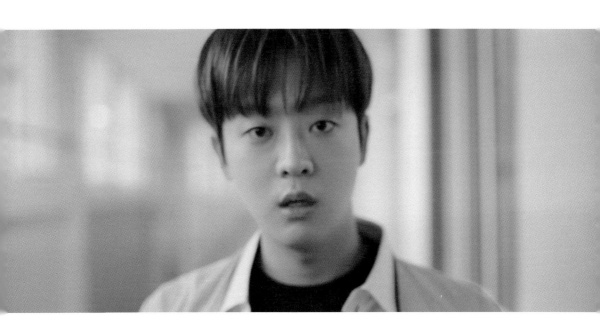

친구야. 너, 내가 누군지 알아?
아, 알지…?

어디가?
최애 찾으러.
어?
아니, 차여운! 차여운 찾으러.

[차여운을 찾으시겠습니까?]

혹시 차여운 어디 있는지 알아?
걔 할머니 돌아가셨다고, 그래서 장례 치르고 있을걸요.

잠깐만, 열여덟, 봄에, 할머니면…. 다리?!

Love for love's sake

아니, 이렇게까지 해야 돼?

차여운!

Love for love's sake

[세계 개변]

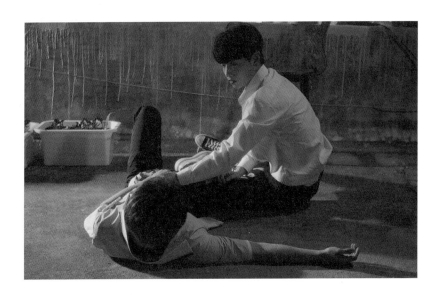

Love for love's sake

[차여운이 당신을 인식합니다.]

누구세요?

나는… 선배야! 너네 학교, 아니, 우리 학교.

사실은 너희 할머니가 부탁하셨어.

Love for love's sake

…할머니가요? 그럼 장례식에는 왜 안 오셨는데요?

그건… 늦어서 미안하다.

…아이스크림 먹으러 갈래?

Love for love's sake

삼백 원만!

선배 운동부에요?

아니?

의외네요, 거기서 자주 보던 꼰대스러움인데.

요즘 애들은 참 싸가지가 없구나….

Love for love's sake

[마이너스 호감도로 인한 디버프가 발생합니다.]
디버프? 이런 것까지 있다고?

나 오늘 너네 집에서 자고 가도 되냐?
아니요.
그럼 네가 우리 집에서 잘래?
무슨 생각하는지 알겠는데… 저 안 죽어요.

안 되겠다. 같이 가자.

Love for love's sake

뒤에 같이 앉지.
연애 지상주의 구역은 무슨… 고슴도치 주의 구역이구만.

Love for love's sake

[연애 지상주의 구역으로 진입합니다.]
구역? 차여운 기준으로 거리가 정해져 있는 건가?

🔔 알림 🔔
연애 지상주의 구역으로 진입합니다.

…다녀왔습니다.

뒤에 달고 온 놈은 누구여?

나랑 친한 동생. 오늘 우리 집에서 자기로 했어. 그래도 되지?

자알 생겼네.

…선배도 할머니랑만 살아요? 그래서 나한테 오지랖 부리는 거예요?

네 팬이라서.

Love for love's sake

그러니까, 정리하자면.

첫 번째, '구역'은 생각보다 크지 않다. 차여운을 중심으로 반경 5m.

두 번째, 차여운의 호감도가 마이너스인 지금,

내가 옆에 있으면 디버프 때문에 차여운한테 안 좋은 일이 생긴다.

그니까, 호감도가 '0' 이상 되기 전까지는 거리를 둬야 한다.

세 번째, 그럼 차여운이 날 좋아하게 되면 좋은 일이 생기나?

'그래 놓고서 왜 피하는 거야?'

혹시 애들이 차여운 괴롭히고 그러냐?

아마… 내가 알기로는 육상부 애들이 조금.

Love for love's sake

설마 지금 도망간 거야…?
…왜 도망 갔는지 말해요.
내가 너랑 가까이 있으려면
네가 나를 더 좋아해 줘야 해.

나 좋아해요?

뭐?

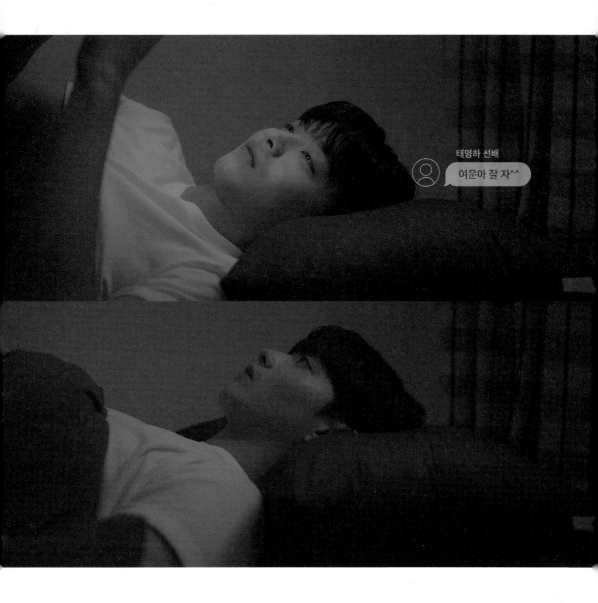

[여운아 잘 자 ^^]
뭐야 이 꼰대 같은 이모티콘은….

[차여운의 호감도를 계산합니다.]
[호감도 -7]
드럽게 짜네 진짜.

근데 너, 나랑 친구 해도 괜찮은 거야?
왜? 너랑 친구하려면 무슨 자격증 같은 거 따야 해?

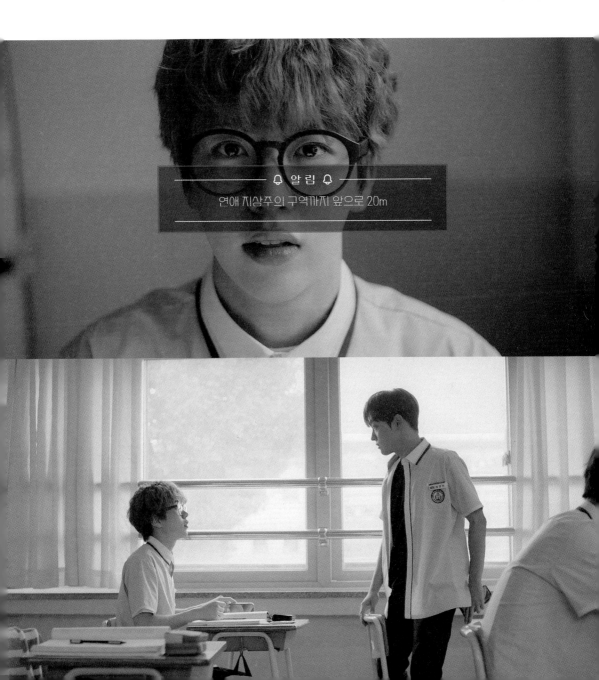

[연애 지상주의 구역까지 앞으로 20m]
뭐야 어디야.

⌒ 알림 ⌒
연애 지상주의 구역까지 앞으로 20m

Love for love's sake

왜? 피자 빵 싫어하냐?
아뇨. 뭘 또 굳이 죽자고 사 왔나 싶어 가지고.
다 너 먹이려고 하는 거지.
절 왜요.
왜는. 좋으니까.

Love for love's sake

♥ 호감도 ♥
차여운의 호감도를 계산합니다.

[차여운의 호감도를 계산합니다.]

뭐 하는 거예요?

Love for love's sake

문득 햇빛이 너무 따가워서.

Love for love's sake

말로 하자 말로.

Love for love's sake

와. 존나 멋있다. 형. 나도 한번 쳐 봐요.

Love for love's sake

너 같은 동생 둔 적 없는데?

네가 꼰지른 거야?

Love for love's sake

태명하랑 무슨 사이야?

선배.

그래. 태명하, 형. 그 형이 널 왜 챙기냐고.

Love for love's sake

Love for love's sake

Love for love's sake

차여운,
너 진짜 정신 안 차려?
죄송합니다.

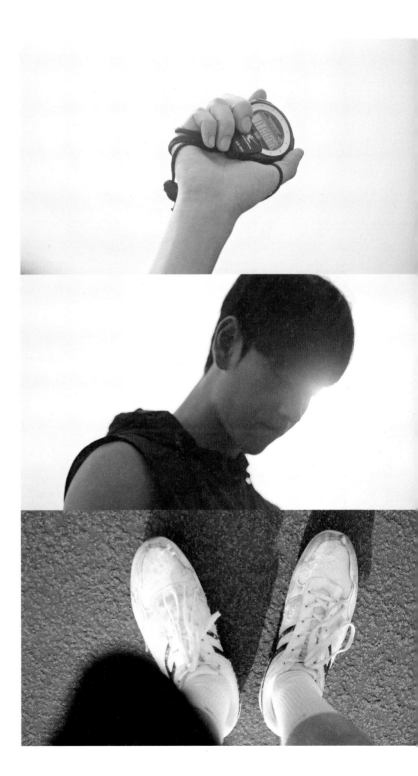

친구? 아직 나도 안 친한데 무슨 친구야….

Love for love's sake

경훈아. 너 혹시 친구 필요하냐?

어?

오늘 저녁 같이 먹을까?

Love for love's sake

보러 오지 마요. 이제 육상 안 할 거니까.
차여운. 너, 뛰면서 행복했던 적이 정말 단 한 번도 없어?

여운아. 그만 뛰고 싶을 때 말해.

형이 어떻게든 해 줄게.

선배가 뭔데요….

Love for love's sake

내가 니 친구야?

아뇨? 형 후배.

개상원 미쳤냐? 뭐 해?

있어 봐, 나 이 형한테 관심 많아서 그래.

Love for love's sake

여운아, 말을 해. 어디야, 집이야?
나 이런 개무시 너무 오랜만에 받아 보는데.

내가 불쌍해요?

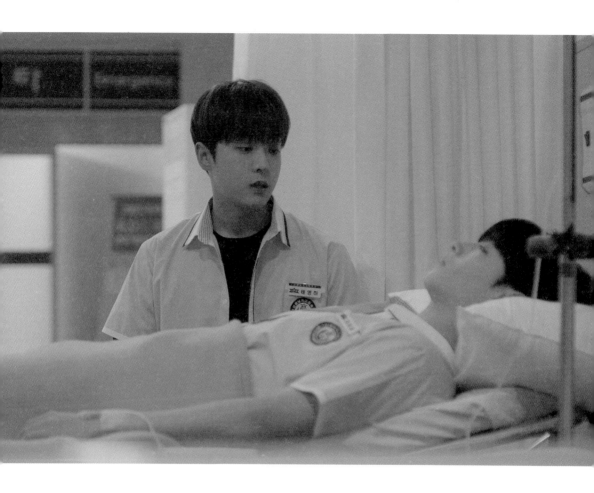

여운아, 그럴 수도 있는 거야.
갑자기 안 좋은 일이 생기는 것처럼,
별 이유 없이 너 챙기고 싶은 사람이
있을 수도 있는 거야.

아이스크림 사 줄까?
선배는 아이스크림을 왜 그렇게 좋아해요?
아이스크림이 아니라 널 좋아하는 거지.

Love for love's sake

와—. 이제야 오네.

chapter 2
호감과 발전

늦었네요. 형. 이제 갈 거죠.
데려다 줄게요. 가요.
선배.
…자고 간다면서요.

Love for love's sake

혹시 둘이 사귀어요?
헛소리하지 말고 가라.

근데, 나 자고 가?

Love for love's sake

자고 가도 되고, 그냥 가도 되고.
아 몰라, 선배 마음대로 해요.

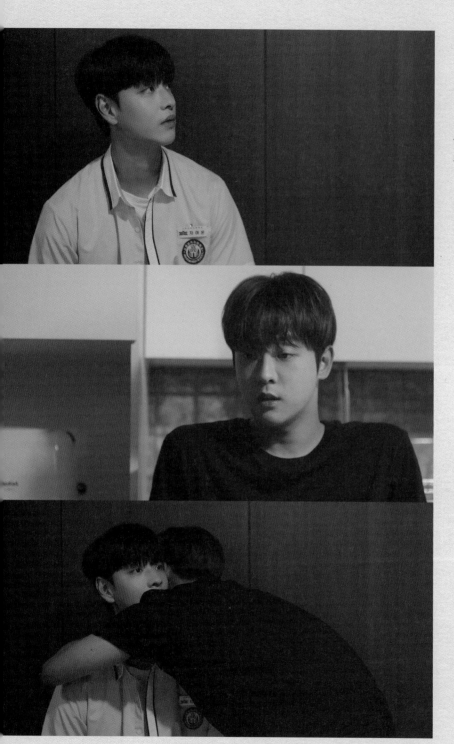

선배는 꼭 내 보호자라도
되는 것처럼 구네요.

Love for love's sake

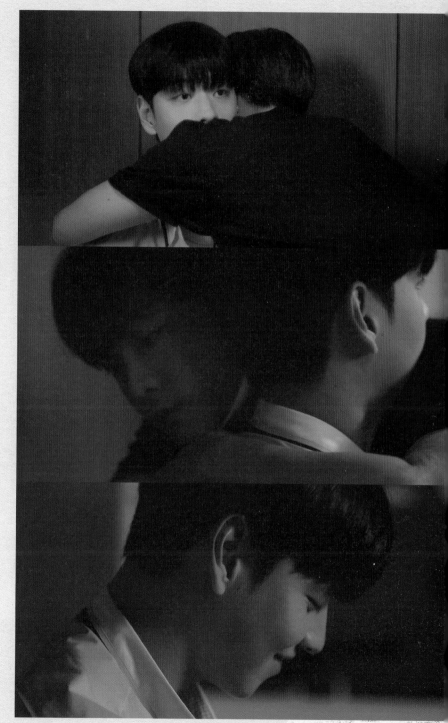

여운아….
근데 불 안 들어오면
우리 어떻게 씻냐?

Love for love's sake

형 안녕하세요.
어 무면허.
근데 너 왜 내 옆에 앉냐?
형 옆이니까 앉는 거죠.

거기 자리 있어.
형 진짜 차여운이랑
뭐 있어요?

[호감도: 0]

그대로인 건 또 뭐야.

[왜 무시해||]

그쪽이 진짜 우리 오빠 친구란 말이죠.
이거 친구 면접 같은 거냐?

Love for love's sake

설마 차여운? 친해요? 차여운 선수랑?
저 차여운 선수 한 번만 만나게 해 주면 안 돼요?

저 정도는 나도 하겠다.

어 그럼 네가 내려가서 뛰어 상원아.

선배는 열받으면 이름 불러요? 그럼 더 열받게 해야겠는데?

죽고 싶으면 계속 그렇게 해라 상원아.

Love for love's sake

어어? 이거 봐. 또 이름 불러 주네.
이러니까 가만히 있겠냐고 내가.

보러 오지 말라고
했잖아요.
보여 주기 싫다고요.

나는 네가 잘하든
못하든 상관없어.

Love for love's sake

내가 어떤 마음인 줄도 모르면서.

무슨 얘기해? 못 본 사이에 둘이 절친 됐네.
무면허에, 담배에, 가지가지한다.

저 걱정해 주는 거예요?

예. 차여운 님은 맑고 깨끗하시고
저는 긴급 사태라고 거짓말이나 하는 놈입니다.
저를 잡아넣으십시오.

Love for love's sake

네, 수갑 들고 기다릴게요.

Love for love's sake

선배한테서 여자애들 냄새나요.
어?
그래서 오늘 늦게 온 거예요?

Love for love's sake

저 갈게요.

녹았네.
오래 기다렸나 보다.

여운아, 잠깐 왜 그래?

Love for love's sake

선배는 아무것도 몰라요.

학교에서 뭐 하냐 둘 다? 맞았냐?

아직요.

넌 따라오지 마.

Love for love's sake

이야… 내가 여길 다 와 보네.

Love for love's sake

차여운!!!!!

Love for love's sake

정말 잘했어, 여운아.

Love for love's sake

…선배 왜 저한테 잘해 줘요?
이러면, 내가 착각할 수밖에 없잖아요.

♥ 호감도 ♥
5

♥ 호감도 ♥
17

[호감도: 5]
[호감도: 17]

Love for love's sake

근데 선배 발 왜 그래요?
아 그냥 어쩌다…. 먹어.

고마워요.

Love for love's sake

너 그런 말도 할 줄 알아?
선배가 고마우면 고맙다고 말하는 거라면서요.

명하야 행복해져야 해.

Love for love's sake

잠깐만 그런데 선배는 누구지…?

[페널티: 죽음]

이제 공부를 좀 해야겠어.
그래, 같이 공부하자. 같이 대학도 가고.
스무 살 되면 같이 술도 마시고 같이 여행도 하자!

…좋았냐?
아우 씹 호모 새끼야!
야 뽀뽀는 둘이 했는데 왜 나만 호모냐? 너도 호모지.

한 번만 더 호모라고 하면 입술 훔치는 수가 있다.

얼굴이 왜 이래요?

영광의 상처?

Love for love's sake

진짜 누군지 말 안 해요?
알아서 뭐 하시게요?
죽여 버리게.

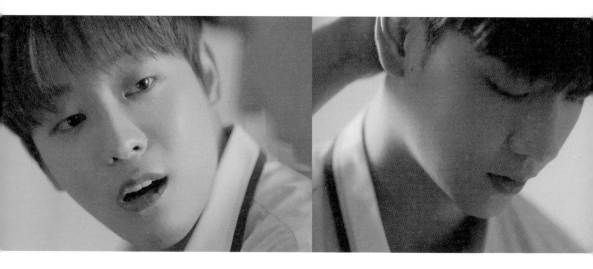

따지고 보면 맞은 것보다 걔랑 뽀뽀한 게 더…
네? 선배 남자랑도 막, 막 그래요?

Love for love's sake

'나도 다 아는데. 많이 해 봤겠지?
남자도 괜찮나?

하… 뽀뽀하고 싶다.'

달릴 때 무슨 생각해요?
뒤에 커다란 악어가
쫓아오는 상상.
근데 요즘은 바뀌었어요.

Love for love's sake

뭘로?
끝에서
누가 기다려 주는 상상.

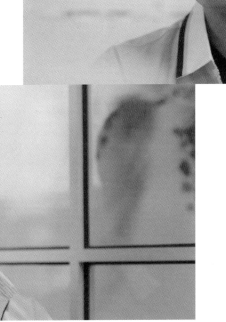

Love for love's sake

Love for love's sake

선배. 선배가 왜 바다를 좋아하는지 알 것 같아요.

저도 좋아졌어요.

chapter 3
관계와 사랑

Love for love's sake

선배,
아이스크림
먹으러 갈래요?

착하네, 차여운.
저 별로 안 착해요.
착한 애들은 꼭 그렇게 말하더라.

Love for love's sake

가자. 용마랜드. 입장권 써야지. 네가 열심히 해서 탄 건데.

갈 기분 아니면 안 가도 돼요. 바다나 봐요.

가고 싶어. 진짜야. 너랑 가서 놀고 싶어.

Love for love's sake

귀여워.

Love for love's sake

저 귀여워요?
얼마만큼 귀여워요?

명하 형은 나 안 찾냐?

Love for love's sake

너 진짜 오빠 좋아해?

···나 진짜 형 좋아하는 것 같아 보여?

친구에요, 우리?

Love for love's sake

그럼 아니야?

그래서 그 고백 어떻게 하는 건데.
명하 오빠는 지금 연애할 마음이 전혀 없어.

Love for love's sake

선배가 나랑 똑같이 안 좋아해 줘도 상관없어.
와. 너 명하 오빠 무지 좋아하는구나.
하긴 나도 너였으면 좋아할 것 같기…
좋아하지 마.

형… 나 살짝 사랑에 빠진 것 같아요.

뭐?

이번에는 진심 사랑.

얼굴은 때리지 말라고 했잖아요.

[서브 미션: 3,000,000원을 모으세요.]
미친 거 아냐? 나 고딩인데?
선배. 나 미성년자야.

너 지금
굉장히 수상해.

Love for love's sake

[연애 지상주의 구역으로
진입합니다.]

야,
차여운 어딨어.

오늘 명하 선배 좀 따돌려 줘.

Love for love's sake

연락 안 돼도 돼. 내가 찾을 수 있어, 차여운이니까.

나도 좀 봐 줘요.

넌 차여운이 아니잖아.

좋아해요.
선배는 나, 안 좋아하죠.
그래도 괜찮아요.
저 그래도 좋아해요.

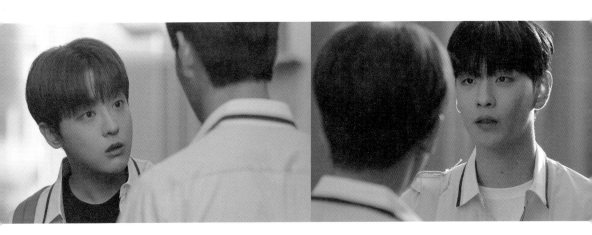

Love for love's sake

여운아, 나 말고 다른 사람 좋아해.
선배 말처럼, 친구로 지낼 수 있게 노력할게요.
그러니까, 무시하지 마요. 피하지 마요.
멀어지지 마요.

미쳤구나, 태명하.

Love for love's sake

형 진짜 잔인한 사람이에요.
어떻게 자기가 찬 남자한테 다른 남자
뒷조사를 시킬 수가 있어요?

어차피 헤어질 텐데 좋아해서
뭐 하나 하는 생각 안 들었어?
그러니까 더 최선을 다해서
좋아해야 한다고 생각해.
다신 못 만날지도 모르니까.

차여운.
너 이거 500원에 사라.
사 줘.

알아요.
선배 아무한테나
다정한 사람인 거.
근데 전 아무나
하기 싫어요.

이젠 내가 갈게요.

언제까지 참나 했다.
웃으라고 한 얘기야.
입술에 힘 빼.

Love for love's sake

웃지 마요.
안 웃었어. 왜 귀여워서 그러지.

저는 선배가 다 처음이에요. 좋아하는 것도.
배우면 이거보다 잘할 수 있어요.
저 잘해요.

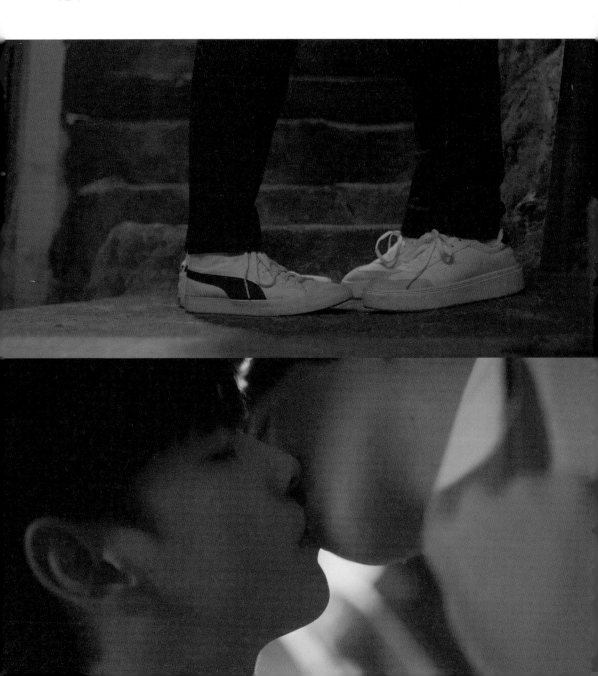

하… 환장하겠네 진짜.
새파랗게 어린 거랑 내가 연애를…?

선배!

이게… 뭐야?
누가 그러는데, 처음은 무조건 해바라기래요.

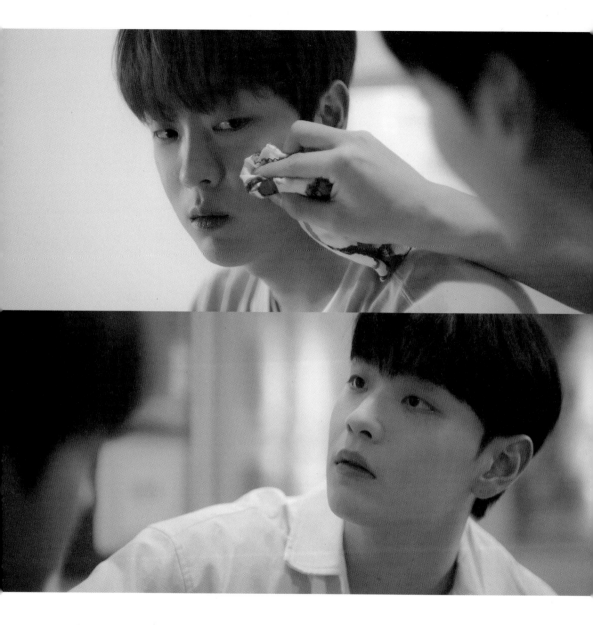

그래서 좀비 고릴라랑 괴물 악어 중에 누가 이겼어요?

너 영화 안 봤어?

저 선배 봤어요.

Love for love's sake

선배, 한 번만 더 해도 돼요?

뭘?

…키스….

이걸 왜 만들어야 하는데요.

Love for love's sake

선수로서 너를 홍보하기 위해서?

선수로서 저를 홍보하는데 제 인스타 계정이 왜 필요해요.
뽀뽀나 한 번 더 해 주지.

아 진짜… 해 주면 할 거야? 자, 해!?

아유 우리 유명한 상원아? 나 정말 이 계정
딱 10만 팔로워 한 번만 만들어 보고 싶다.
응? 제발.

Love for love's sake

근데 형. 나라면 그런 짓 안 하겠어요.
또라이 같은 인간들 많다고요, 생각보다.

[버프 발생]

선배, 선배 나 봐요.

Love for love's sake

아니, 뭘 또 그렇게 죽자고 뛰어와.

선배 보려고 그러죠.

명심해. 넌 존나 내꺼야.

Love for love's sake

저 형 거예요?

Love for love's sake

갑작스런 변화로 인한 서버 에러 발생.

기존 작업을 중지. 롤백 작업이 필요할 듯함.

서버가 안정될 때까지는 안정화 작업에만 힘쓸 예정.

─────── 🔔 **알 림** 🔔 ───────
서버 에러로 인한 보상입니다.

─────── 🔔 **알 림** 🔔 ───────
태명하의 과거 기억을 일부 복구합니다.

개소리를 아주 정성스럽게도 써 놨네.

Love for love's sake

저런 개새끼가….

형은 진짜… 사랑받을 줄 모르는 사람 같아요.

헤어지자.
있잖아. 넌 사랑할 줄 모르는 것 같아.

[시스템 에러가 발생했습니다]

[선택까지 23 : 59 : 59]

chapter 4
선택과 정답

[시스템 에러를 해결하기 위해 선택하세요.]

Love for love's sake

4:16

Love for love's sake

Q. 당신에게 더 소중한 사람은 누구인가요?
A. [   ]

Love for love's sake

[선택까지 00:00:10]

Love for love's sake

…둘 다요.
시간 안에 어떤 선택이든 하면 되는 거 아니에요?

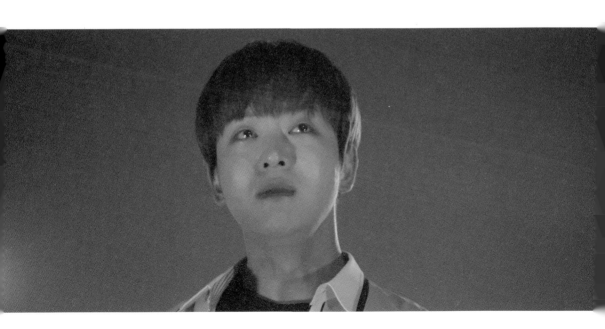

남은 시간 180일

[남은 시간 180일]

Love for love's sake

완전 잘 나왔다. 그쵸?

명하야,
그럼 만약에 말이야.
당장 헤어지는 거랑
매달리는 거,
넌 어떻게 할 거 같아?

나라면 헤어질래요.
어차피 영원히 같이
있을 수는 없잖아요.
누구하고든.
헤어져야 할 때는
헤어지면 돼요.

차여운의 행복과
내 죽음.
고민의 여지조차
없었다.

겨우 봄에서 여름이 됐을 뿐인데
제 인생이 너무 많이 바뀐 것 같아서 이상해요.

Love for love's sake

차여운, 사랑해.

단둘이 가고 싶다고 했지,
왜 다 데리고 오는 건데요.

야. 천상원. 놀고만 있냐? 도와.

내가 고기 샀잖아.

네가 그러니까 명하 형이 날 좋아하는 거야.

야 고기 좀
더 구워 봐.

넌 손이 없냐
발이 없냐.

Love for love's sake

얘들아, 여기 봐!

Love for love's sake

상원아, 너 진짜 착하게 나왔어.

저희 졸업하면 같이 살까요?
생각만 해도 행복하다.

Love for love's sake

혼자라고 생각 안 했음 해.
너는 잘하는 일도 있고, 친구도 있고,
응원해 주는 사람들도 있어.

내가 선배 없이도
괜찮다고 하면
우리 헤어지는 거예요?
선배는 나 안 좋아하잖아요.
무슨 소리야.

똑같이 안 좋아해 줘도
상관없어요.
대신 나한테 기댔으면
좋겠어요.

시스템 에러 발생!!!

사랑해요.

Love for love's sake

[보상 발생: 원하는 것을 바꿀 수 있습니다.]

Love for love's sake

형 왜 이래요.
괜찮아요?

[대회 출전하게 됐어요.
8월 14일이에요.
와 줬으면 좋겠어요.
보고 싶어요.]

…뭐예요? 하루 종일 연락도 안 되다가….

자 이거.

선배 왜 저한테는 안 기대는데요?
천상원은 되고, 왜 저는 안 되는데요.

선배 보고 있으면 좋다가도 울고 싶어져요.
사소한 일에도 들끓어요.
…불행한 것만 같아요.

'이상하다. 내가 뭔가를 하면 할수록 여운이는 불행해져만 갔다.
내가 뭐라고 너를 행복하게 해 줄 수 있다고 생각했던 걸까.'

저 너무 힘들어요.
제발 그냥 혼자 내버려 둬요.

헤어져야겠다.

Love for love's sake

차여운 잘 들어. 네가 뭘 잘못해서 헤어지자고 하는 게 아니야.
네 말대로 어쩌다가 사귀게 된 거고
이제 정리할 때가 된 것 같아서 그래.

설명하기 전에는 못 헤어져요. 선배가 끝이라고 하면
나는 그러자고 해야 해요? 시키는 대로?
이럴 거면 나랑 왜 사귀었어요?

왜… 싫어졌어요?

잘못했어요.
사랑해요….

[남은 시간: 3일]

Love for love's sake

여보세요?
너 어디야?
선배?
옥상으로 올라와!

내가 왜 여기….

Love for love's sake

깁스 빨리 풀었네. 근데 왜 다친 거냐?

…그게 모르겠다.

하여간 맨날 이런 반응인데 내가 왜 자꾸 너랑 말을 섞고 있는지 모르겠다.

어디가.
양호실.

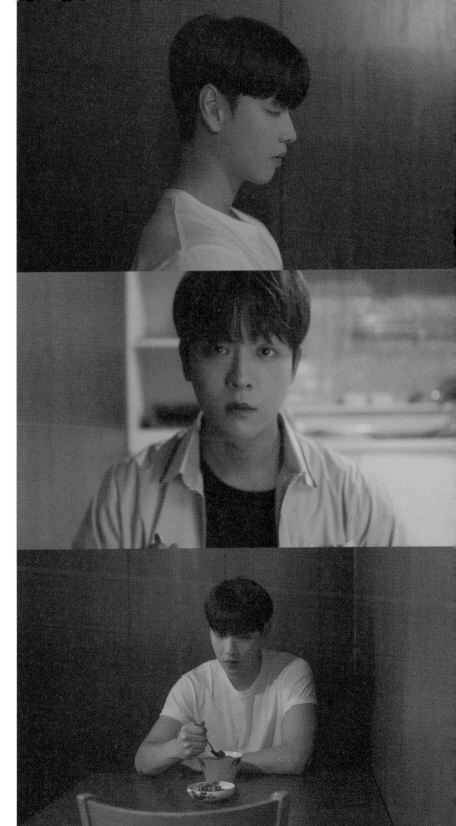

야 근데
쌤 안 계시는데?
뭐지? 누구지?

얼른 먹어. 더 줘?

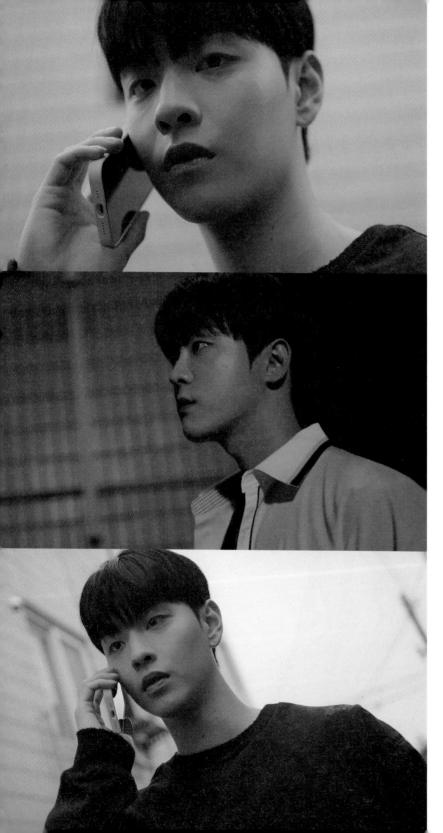

명하 씨는 잘 지내죠?
명… 누구요?
명하요, 태명하.
태명하…?

태명하 선배, 봤어?
그게 누군데.

수정… 적으면 되는 건가?

Love for love's sake

사라지고 싶다….

안녕하세요. 김미희 씨죠?
저 태명하라고 하는데….

아니요. 잘못 찾아오신 것 같네요.

Love for love's sake

평생의 용기를 쥐어짜낸
나에게 돌아온 대답은 거절이었다.

그래서
나는 나를 버리기로 마음먹었다.

그날 나는 그렇게 죽었다.
하지만 최후의 순간에는 후회했다.
모조리 후회했다.

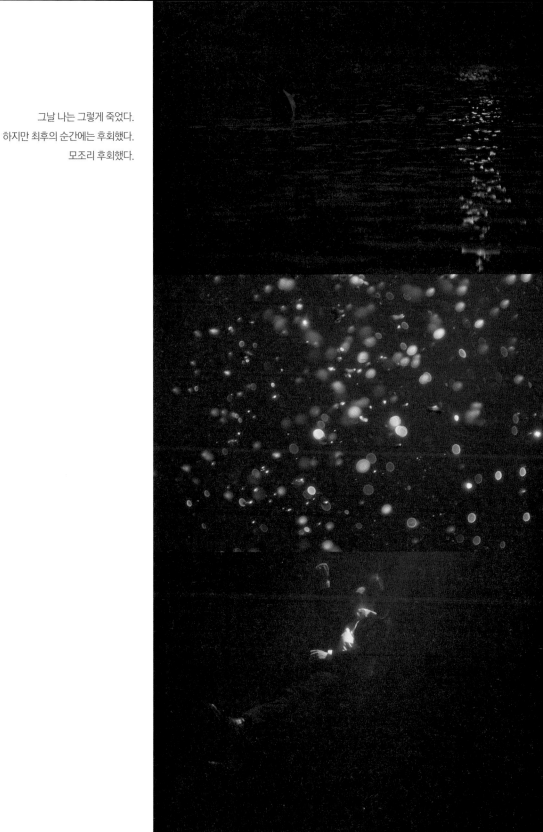

나 어떡해?
그게 죽음이야. 포기하고 나면 다시 되돌릴 수 없는 거.

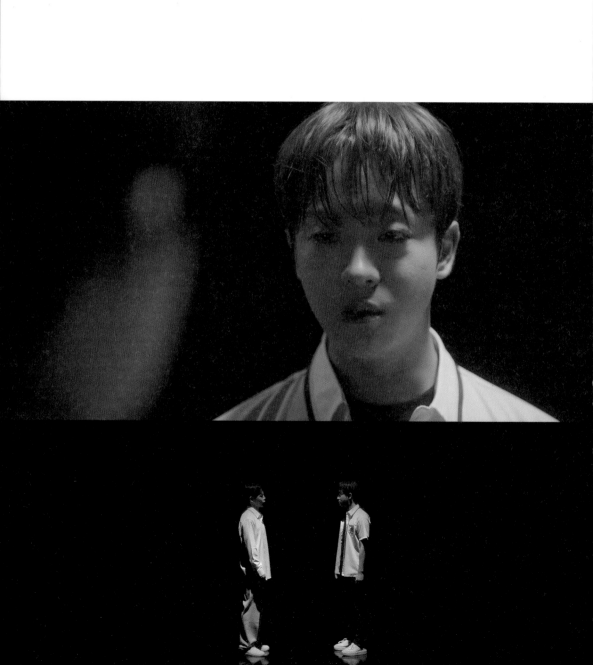

살고 싶어… 나 살고 싶어요.
여운이랑.

선배는 도대체 누구에요?

[태명하를 행복하게 해주세요.]

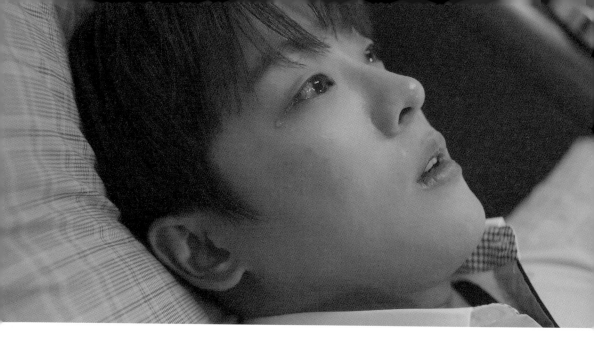

'부디 그곳이 너의 희망이 되길.'

내가 지금 너한테 갈게.
어디 가지 말고 꼭 거기 있어.

그날 꼭 거기 있어야 돼. 알겠지?
엉뚱한 데 뒤지지 말고, 다른 데 찾지도 말고,
무조건 거기 있어.
왜 그래요?
내가 이제부터 거기로 갈 거니까.

Love for love's sake

차여운. 보고 싶다.

야 어디 가.

최애 찾으러.

…누군가가 있으면 좋겠어요.
곁에서 걱정해 줄 누군가가.
절망하고 실패해도 기회를 줄 누군가가.
나를 사랑해 줄 누군가가 있으면 좋겠어요.

잡았어요.
어.
잘 잡았어요, 이번에는.
이제 어디 안 갈 거죠?
절대로.

Love for love's sake

어? 선배 왜 여기로 왔어요?
같이 가려고 왔지. 빨리 와!

Love for love's sake

운명이라기엔 평범하고,
우연치고는 아름다운 일상 속에서
내가 바라던 정답들이 빠짐없이
놓여 있었음을 난 이제야 알게 되었다.
우리의 하루에는, 지극히 당연한 행복이 있다.

엔딩 보상을 받으시겠습니까?

기획 제작 스튜디오 커피브레이크 순이엔티
연출 김균아
극본 권초롱
원작 화차 〈연애 지상주의 구역〉 / 대원씨아이
출연 이태빈 차주완 오민수 차웅기 고건한 문서우 고규연 박성규 주종범 황우주 임종의 주부진 윤지안 강서연 외

스튜디오 커피 브레이크 기획총괄 이지민 │ 제작총괄 염준호 │ 경영지원 장미숙 김계화
순이엔티 기획사업부 이송이 │ 경영지원본부 김태영 │ 매니지먼트 장현우
제작투자 강동길 박창우

연출 강동민 오병건 홍채나 김민환((주) 크루앤컴퍼니) │ 제작팀 이창용 서지원 김현우 │ 스크립터 이희선 │ 각색 이지민 김균아 │ 로케이션 양종성 │ 촬영감독 김우영 │ B카메라 최영우 │ 촬영팀 김태우 윤태영 이근희 유용환 오세준 박건희 김수영 최민준 박영대 │ 카메라렌탈 보이드렌탈(VOIID) │ 드론 오병건 │ 조명감독 강현우 │ 조명팀 박누리 김용환 김진영 권선우 조성은 전인찬 김보경 │ 동시녹음 공상혁 김기환 │ 미술팀 임종의 하예림 노현지 배지운 김서희(올바른 프로덕션) │ 푸드팀 김수경 │ 분장미용 이승규 이유정 김규리 박은비(FOREST. ART) │ 의상 구가은 최승명 박순철(9nain) │ 무술감독 서민우 │ 무술팀 신경식 신유식(제이크리에션) │ 편집 진소정(에디터 진) │ 믹싱 김수현 이지윤 이용진 이성의 김우현(럼블 스튜디오) │ 음악감독 이근우 │ 음악팀 황용은 이근수 이창우 최정민 │ VFX 홍인표 정재훈 한문성 이헌창 주우람 유새하 박지수 정주호 양정모 이재복 박지은 문지원 권완호 허태정 김지수 안주희 민청식(STUDIO HI) 이준석 정진형(프롯패킹하우스) 전은재 │ 오프닝 타이틀 이준석 │ DIT 정진형 이재원 정주영 서태이 곽세연(프롯패킹하우스) │ 캐스팅디렉터 김진준 박한비(굿캐스팅) │ 보조출연 이채호(월드이엔티) │ 스틸 민성애 문희(그라피오다) │ 메이킹 구예준 박동석 박일권 전수아(나인퍼센터이지) │ 홍보 3HW │ 포스터/CG디자인 전수연 │ 포스터 촬영 김민준 │ 배차 건아이글스 │ 대본 SH 미디어 │ 매니지먼트 박성혜 김형대 김혁준 남승혁 전민욱(KEYEST) 김준영 권민우(helloworld entertainment) 배준오 김현모 이지영 정재윤(STUDIO SANTA CLAUS ENTERTAINMENT) 윤지훈(PIT A PAT ENT.) 장현우(순이엔디) │ 의상협찬 SWOONY, SMA SHOES │ 장소협조 박혜지 │ 자료협조 Adrien de la Salle, Ardie Son, Piotr Humme, Anton Vlasov, Ardie Son, Kashido, Red City Hero, Ty Simon, Ziv Moran, Anton Vlasov, J.BoB, Ami Bornstein, Spirala Studio, DiWi Artlist │ 제작지원 군산시 로레알 파리